...OUR

ET

BACCHUS.

L'AMOUR

ET

BACCHUS

Aux champs et à la ville,

ÉTRENNES CHANTANTES,

Pour la présente année.

AU MONT PARNASSE,

chez les neuf Sœurs.

LE KLEPHTE.

ROMANCE.

Andantino.

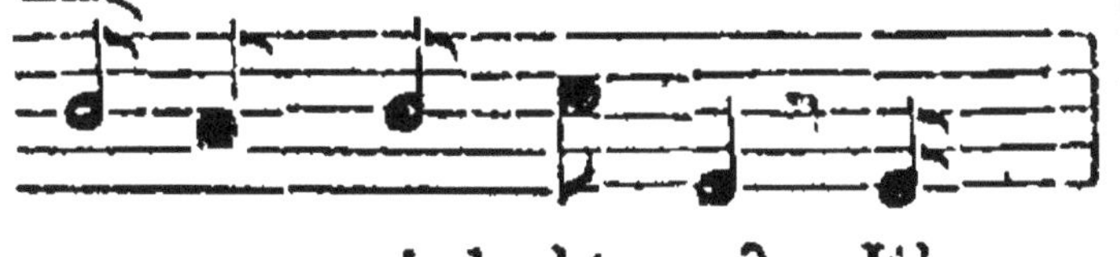

ta -gne, Et viens parta -
ger mes dangers,
Et viens par-ta-ger mes dan -
gers.
Non jamais tu n'iras es-
cla - - ve Or - -

ner le harem des sou-
dans ; Il vaut mieux compagne d'un
bra - ve, Couler des
jours in - - dépen - -
dans. Oui, —— tu
veux de - ve - nir ma com-

Ce n'est pas une ardeur vulgaire
Qui sera le prix de ta foi ;
Au monde entier je fais la guerre
Je n'aurai d'amour que pour toi.
Oui, tu veux devenir ma compagne ?

Salue en partant ces rivages,
Ces vallons, ce ciel enchanté ;
C'est dans des sites plus sauvages
Qu'il faut chercher la liberté.
Oui, tu veux devenir ma compagne ?

LE

RACCOMMODEMENT.

J'AI retrouvé le doux Plaisir ;
Que sa perte m'était sensible !
J'avais avec moi le Désir ;
Mais Désir tout seul est nuisible.
Un sourire de mon amant
A rappelé l'enfant volage ;
Un baiser l'a rendu charmant ;
Mais rien, n'a pu le rendre sage.

LA
CHARTE BACHIQUE.

AIR: *Alerte!* (du Combat des mon-
tagnes).

A BOIRE !   (*bis.*)
Gloire
A Bacchus ! Vive sa loi !
A boire !   (*bis.*)
De par le roi !

On m'a dit, qu'un jour, en frairie,
Les trois rois de l'Epiphanie,
Au cabaret tiraient les *rois,*
Et, pleins du nectar champenois,
S'écriaient a la fois :
A boire, etc.

« Mes frères, dit un joyeux sire,
C'est régner que de savoir rire ;
Je vous propose un arrêté
Contresigné par la Gaîté,
Où l'on voit répété :
A boire, etc.

On a si froid sous la dorure,
On est si lourd sous la fourrure,
Trève aujourd'hui de majesté!
Laissons nos manteaux de côté!
   Chantons en liberté:
      A boire, etc.

Posons pour première maxime:
Tout roi buveur est légitime.
Les rois, on le nîrait en vain,
Par la grâce du Dieu du vin
   Règnent de droit divin.
      A boire, etc.

A défaut de descendant mâle,
Créons une jauge royale,
Pour élire entre tous les grands
Un roi qui porte dans ses flancs
   Deux tonneaux d'Orléans!
      A boire, etc.

De par Silène, le Saint Père,
De Bacchus très-joyeux vicaire,
Rois, mardi-gras et réveillon,
Seront fêtés en carillon
   Avec cette oraison:
      A boire, etc.

Nous déclarons francs hérétiques
Nos sujets, buveurs aquatiques ;
Désirant leur conversion,
Ordonnons une mission
    Dont voici le sermon :
        A boire , etc.

O Vérité ! dans ta citerne
Nous ferons couler le Sauterne ;
Alléchés par ce jus divin,
Au fond nous te verrons enfin
    En répétant sans fin :
        A boire , etc.

Dans ton puits voulons que les
    membres
De nos conseils et de nos chambres,
Avant de faire leurs discours,
Qui devront être francs et courts ,
    Puisent pendant huit jours !
        A boire , etc.

Nous réputons séditieuse
Toute personne injurieuse
Qui prétend qu'un roi jovial
En buvant bien se porte mal...
    Condamnons l'animal
        A boire , etc.

Nous exemptons des droits d'entrée
Et la vendange et la pensée ;
Voulons, protecteurs du savoir,
Soustraire aux scellés du pouvoir
    La presse et le pressoir.
        A boire, etc.

Vive le roi ! vieille formule,
Nous te réformons sans scrupule.
Voulons, quand le peuple nous voit,
Qu'il montre l'amour qu'il nous
        doit
    En chantant : Le roi boit !

        A boire !   (*bis.*)
            Gloire
    A Bacchus ! Vive sa loi !
        A boire !   (*bis.*)
        De par le roi !

JE NE VOUS AIME-PAS.

ROMANCE.

AIR : *Dis-moi, t'en souviens-tu ?*

J'EN fais l'aveu.... vous étiez si
    jolie !
Mon cœur surpris se donna sans
    retour.
Un doux espoir fit naître ma folie,
J'osai rêver un avenir d'amour.
Contre un soupir votre dédain ré-
    clame...
J'allais aimer... je vous l'ai dit tout
    bas...
Mais j'ai depuis interrogé mon
    âme ;
Rassurez-vous, je ne vous aime
    pas.

Votre nom seul, je ne puis pas l'en-
    tendre ;
Et je frémis au son de votre voix.

Au sein des nuits j'essaie à me dé-
    fendre.
Contre un fantôme... et c'est vous
    que je vois!..
De loin, le jour se passe à vous
    maudire ;
Et près de vous si je porte mes pas,
Je deviens triste et ne sais plus
    sourire .
Vous voyez bien, je ne vous aime
    pas.

Faut-il encore une preuve enne-
    mie ?...
A l'amitié quand un cœur est sou-
    mis ,
Il doit subir sa tendre sympathie :
De ceux qu'on aime on aime les
    amis...
Tout me révèle un sentiment fu-
    neste :
Je fuis tout ceux qui vantent vos
    appas...
Qu'un seul vous plaise... alors je le
    déteste !...
Vous voyez bien, je ne vous aime
    pas.

N'est-il pas vrai, c'est de l'indif-
        férence ?
Peut-on aimer qui nous fait tant
        souffrir ?
Avec l'amour, Dieu, quelle diffé-
        rence !
Je finirai, je crois, par vous haïr...
Mais je veux être à ma haine fidéle.
Si je n'ai pu vous adorer, hélas !
Ainsi qu'à vous, jamais à d'autre
        belle
Je ne dirai : Je ne vous aime pas...

MINNA.

BALLADE

Au sein de nos Alpes glacées,
Une montagne a mes pensées ;
Je l'aime, oh ! je l'aime !... et
        pourtant
Parmi ses sœurs, humble, incon-
        nue,
Elle est déserte, aride et nue,
La montagne que j'aime tant !

Oui, mais à ses pieds dort riante
Une ravine verdoyante
Que j'aime, oh ! que j'aime !... et
    pourtant
Rien sous ces hautes cîmes blanches
Ne la défend des avalanches,
La ravine que j'aime tant !

Oui, mais dans sa fraîcheur sau-
    vage
Se cache un tout petit village
Que j'aime, oh ! que j'aime !... et
    pourtant
Isolé des bruits de la vie,
Il est si pauvre qu'on l'oublie,
Le village que j'aime tant !

Oui, mais au bord de sa rivière
Se mire une douce chaumière
Que j'aime, oh ! que j'aime !... et
    pourtant
Sombre, humide, à demi-détruite...
Ah ! c'est qu'aussi... Minna l'ha-
    bite...
Minna, celle que j'aime tant !

LA PYRAMIDE.

ROMANCE.

AIR : *Muse des bois*, etc.

D'UN sexe aimable, âme de notre
  vie,
Je vais chanter la gloire et les attraits ;
Son dévoûment au prince, à la
  patrie,
Et son courage émoussant mille
  traits.
Jeunes beautés qu'un noble exemple
  inspire,
Vous dont le cœur sait admirer le
  beau,
Prêtez l'oreille aux accords de ma
  lyre !
De la vertu saluez le tombeau !

Au bords du Nil fut Chemmis,
  un bon prince,
Plein de raison, de sage piété ;

Sa fille était célèbre en la province
Par ses vertus , sa grâce et sa
        beauté ;
En vain maint roi que sa candeur
        attache
Quitte à ses pieds la fierté d'un
        vainqueur ,
Au culte saint du beau taureau
        sans tache
Elle a voué ses appas et son cœur.

Au grand Apis , en sa reconnais-
        sance ,
Ce roi pieux depuis plus de vingt ans
Faisait bâtir un monument im-
        mense ,
Géant des arts , qu'a respecté le
        Temps.
Le marbre enfin manque dans la
        contrée ;
En ce péril on consulte les cieux...
L'oracle veut qu'une vierge sacrée
Sauve l'Egypte en apaisant les dieux.

Les saints pontifs , la vieillesse
        prudente
Sont assemblés près du bon sou-
        verain ,

Et ce décret de formule touchante
En lettres d'or est gravé sur l'ai-
    rain :
« Pour chaque pierre, en ces jours
    de détresse,
« Offerte au prince, en tout bien,
    tout honneur,
« On obtiendra de l'auguste prin-
    cesse
« Un doux baiser, une tendre fa-
    veur. »

A cet arrêt la princesse avec grâce
Souscrit d'abord d'un cœur tendre
    et soumis :
Bientôt le marbre en cent mon-
    ceaux s'entasse,
Et couvre au loin les États de
    Chemmis.
Le monument s'élève plus rapide
Que Thèbe aux sons d'un luth
    harmonieux,
Et dans les cieux l'énorme pyra-
    mide
Cache déjà son faîte ambitieux.

Le front paré de guirlandes fleu-
    ries,

Le peuple ému s'incline à cet aspect ;
En soupirant les vierges attendries
Touchent le marbre avec un saint
    respect ;
Et, si j'en crois les récits des trou-
    vères,
Pour reconnaître un si beau dévoû-
    ment.
On érigea du superflu des pierres
A la princesse un petit monument.

LE PAGE COUPABLE.

AIR : du vaudeville *du Premier prix.*

HAUTE et puissante châtelaine,
J'ai mérité votre courroux ;
Aussi je tremble, et c'est à peine
Si j'ose embrasser vos genoux.
Que votre regard est sévère !
Mes beaux jours sont-ils donc per-
    dus ?
Vous, que j'aime plus qu'une mère,
Pardon! je ne le ferai plus.

J'en conviens, sur votre toilette.
Ce matin, j'ai pris une fleur ;
C'était une humble violette ;
Tenez, elle est là sur mon cœur.
Pour vous, noble et belle com-
            tesse,
Que serait une fleur de plus ?
Laissez-moi la garder sans cesse.
Pardon ! je ne le ferai plus.

L'autre soir, monseigneur le comte
Voulut vous voir.. je fus troublé,
Et soudain, j'en rougis de honte,
Je crois que j'emportai sa clé.
Monseigneur fit un grand tapage,
Il resta seul comme un reclus ..
Ah ! c'est un vilain tour de page !
Pardon ! je ne le ferai plus !

Ce que je trouve impardonnable,
C'est que toujours je pense à vous
La nuit, qui me rend bien cou-
            pable,
M'offre les songes les plus doux
Je devine un bonheur suprème
Que le ciel reserve aux élus...
Je vous dis cent fois : Je vous aime.
Pardon !.. je ne le ferai plus.

—

AUX HABITANS
DE L'ILE MAURICE.

AIR de *Brennus*.

Quoi! vos échos redisent mes
    chansons!
Bons Mauriciens! ils sont Fran-
    çais encore!
A travers flots, tempêtes et mous-
    sons,
Leur voix me vient d'où vient pour
    nous l'aurore.
De tant d'échos résonnant jusqu'à
    nous,
Les plus lointains nous semblent
    les plus doux.

Mes chants joyeux de jeunesse et
    d'amour
Ont donc aussi fait un si long
    voyage!
Loin de vos bords leur bruit vole
    à son tour,
Et me revient quand je suis vieux
    et sage.

De tant d'échos résonnant jusqu'à
    nous,
Les plus lointains nous semblent
    les plus doux.

On m'a conté qu'aux bords du
    Gange assis,
Des exilés, gais enfans de la Seine,
A mes chansons, là, berçaient
    leurs soucis.
Qu'ainsi ma Muse endorme votre
    peine!
De tant d'échos résonnant jusqu'à
    nous,
Les plus lointains nous semblent
    les plus doux.

Si mes chansons vont encor voyager,
Accueillez-les, ces folles hiron-
    delles,
Comme un bon fils reçoit le mes-
    sager
Qui d'une mère apporte des nou-
    velles!
De tant d'échos résonnant jusqu'à
    nous,
Les plus lointains nous semblent
    les plus doux.

Et vous aussi célébrez vos amours !
Dieu permettra que nos voix se
    confondent ;
Mais en Français, frères, chantez
    toujours
Pour que toujours nos échos se
    répondent !
De tant d'échos résonnant jusqu'à
    nous,
Les plus lointains nous semblent
    les plus doux.

LES OEUFS FRAIS
DE PARIS.

IMITATION

D'un distique latin de M. Servan-
    de-Sugny.

Du carême voici l'époque ;
Le gras, messieurs, n'est plus per-
    mis :
Craignez les œufs frais de Paris...
Les poulets y sont sous la coque.

LA FUGITIVE.

ROMANCE HISTORIQUE.

Air : *Sous le beau ciel de l'anti-*
que Ausonie.

Il est minuit, au ciel gronde l'o-
 rage ;
La pluie à flots inonde les vallons ;
L'astre des nuits a voilé son image,
Et l'épi dort couché sur les sillons.
C'est une femme, une femme en
 prière ;
On la poursuit. . bientôt le jour
 viendra.
Vite ouvrez-lui votre chaumière !
La France un jour vous le rendra.

A fuir plus loin il faut qu'elle re-
 nonce,
Dans le sentier, long chemin de
 douleurs ,
Ses pieds meurtris ont rencontré
 la ronce ,
Ses yeux mouillés se remplissent
 de pleurs ;
Déjà du seuil elle toucha la pierre :

On la poursuit... bientôt le jour
    viendra.
Vîte ouvrez lui votre chaumière !
La France un jour vous le rendra.
Chien vigilant de la ferme endor-
    mie ,
Héraut d'alarme à l'approche du
    bleu ,
Laisse approcher ! laisse ! c'est une
    amie ;
Chien vigilant , ferme l'œil ! dors
    un peu !
Mais quoi ! des pas pressés dans la
    bruyère. .
On la poursuit... bientôt le jour
    viendra.
Vîte ouvrez lui votre chaumière !
La France un jour vous le rendra.
Ne demandez son nom à l'exilée !
Son nom est doux comme l'agneau
    des champs ,
Comme la fleur, parfum de la vallée,
Comme un baiser au front de beaux
    enfans...
Au foyer mort réveillez la lumière!
On la poursuit...bientôt le jour
    viendra.

Vite ouvrez lui votre chaumière !
La France un jour vous le rendra.
Ouvrez ! ouvrez !... aux jours de sa
    puissance
A l'orphelin ses bras furent ouverts ;
Son cœur toujours le sera pour la
    France ,
Et dans l'exil et sous le poids des
    fers...
Des pas plus près ont battu la
    bruyère...
On la poursuit... bientôt le jour
    viendra.
Vite ouvrez lui votre chaumière !
La France un jour vous le rendra.

LES PERRUQUES

IMMORTELLES.

CHANSON TIRÉE AUX CHEVEUX.

AIR : *Alerte ! alerte !* etc.

PERRUQUE ,
Ma nuque
Peut—être aura recours à toi ;
    Perruque ,   (*bis.*)
Inspire-moi !

Qu'en plaisantant un *jeune france*
Te traite avec irrévérence,
Sous tes boucles de beaux esprits
Conçurent d'immortels écrits
    Au siècle de Louis.
       Perruque, etc.

Bien qu'en perruque, notre Horace
Sut écheniller le Parnasse ;
S'il vivait, ses alexandrins
Immoleraient nos Chapelains,
    Nos Ronsards, nos Cotins.
       Perruque, etc.

Sous une perruque d'ébène
Molière illustra notre scène ;
De l'homme ce gai scrutateur,
De l'art atteignit la hauteur,
    En créant l'Imposteur.
       Perruque, etc.

Sous sa perruque enorgueillie
Racine écrivit Athalie,
D'Esther soupira les douleurs,
Et sut joindre le rire aux pleurs,
    En donnant les Plaideurs.
       Perruque, etc.

Le *Bonhomme*, conteur aimable,
En imitant créa la fable :

Sous sa perruque de travers
Sont éclos les plus jolis vers
    Pour charmer l'univers.
        Perruque , etc.

Lafare . ainsi que Saint-Aulaire,
Quoiqu'en perruque,savaient plaire;
De la plus galante des cours
Leur coiffures et leurs discours
    Captivaient les amours.
        Perruque , etc.

Sous une perruque Voltaire
Divertit , éclaira la terre ;
Il lui fallut un fier toupet
Pour faire au pape , qui l'aimait ,
    Goûter son Mahomet.
        Perruque , etc.

Piron , que tout gaillard reluque ,
Mit des grelots à sa perruque ;
Avec les Collé , les Gallet ,
Il but , composa maint couplet ,
    Et fit rire le guet.

        Perruque ,
        Ma nuque
Peut-être aura recours à toi ,.
    Perruque ,   (bis.)
    Inspire moi !

LE VIEIL ÉPOUX.

CHRONIQUE DU BON VIEUX TEMPS.

DANS un castel des Pyrénées
Vivait jadis un vieux guerrier,
Qui, dans les camps, longues an-
    nées,
Avait cueilli plus d'un laurier.
Au bon vieux sire était unie
La jeune Isaure à l'œil brûlant;
L'un rabâchait chevalerie :
L'autre bâillait en l'écoutant.

Mes chers amis, faut-il vous dire
Ce qu'il advint au vieil époux ?
Ceci n'est point un conte à rire :
De terreur vous frémirez tous.

En un manoir du voisinage
Était un noble chevalier
Dont la jeunesse et le courage
Déplaisaient fort au vieux guerrier.
Ce n'était pas que de sa femme
Il mît en doute la vertu ;
Mais il tremblait, au fond de l'âme,
De ce qu'un jour il avait vu.

Oh ! mes amis, faut-il vous dire
Ce qu'avait vu le pauvre époux ?
Ceci n'est point un conte à rire :
De pitié vous gémirez tous.

Un beau jour donc, ou, pour
    mieux dire,
Un soir qu', seul et sans varlet,
Tranquillement le noble sire
Vers son castel s'en revenait,
Voilà qu'au fond d'un bois bien
    sombre,
A quelque pas de ses créneaux,
Il a cru voir s'enfuir, dans l'ombre,
Cet ennemi de son repos...

Mes chers amis, faut-il vous dire
Ce qu'éprouva le pauvre époux ?
De sa frayeur n'allez pas rire !
En pareil cas, nous l'aurions tous.

Sur un coursier vif et rapide
Il a cru voir le jeune preux
De chez lui fuir à toute bride ;
Mais au lieu d'un ils étaient deux !
La belle Isaure, en son absence,
Dans ce bois-là se promenait ;
Le paladin la voit, s'élance ;
Et, l'enlevant, fuit comme un trait.

Est-il besoin de vous décrire
Le désespoir du vieil époux ?
En pareil cas , bien loin de rire ,
De fureur nous frémirions tous.

Dans le castel de cet infâme
Il a bientôt porté ses pas ,
Cherchant partout sa noble dame ,
Qui , dit- on , ne le cherchait pas.
Enfin , tous deux il les découvre ;
Il veut percer le ravisseur ;
Mais aussitôt le sol s'entr'ouvre ,
Et le ciel même est son vengeur!...

Mais chers amis , faut-il décrire
L'étonnement de nos époux ?
Chacun d'eux s'en fut , sans rien
        dire ,
Satisfait comme ils le sont tous.

CALENDRIER

GRÉGORIEN

POUR L'ANNÉE

1834.

A LILLE,

Chez Vanackere fils, Imprimeur-Libraire,
place du Théâtre, N.º 10.

ARTICLES DU CALENDRIER.

SIGNES DU ZODIAQUE.

	Septentrion.		Méridionaux.
♈ Le Bélier.		♎ La Balance.	
♉ Le Taureau.		♏ Le Scorpion.	
♊ Les Gémeaux.		♐ Le Sagittaire.	
♋ L'Ecrevisse.		♑ Le Capricorne.	
♌ Le Lion.		♒ Le Verseau.	
♍ La Vierge.		♓ Les Poissons.	

☀ Le Soleil.

FIGURES ET NOMS DES PLANÈTES.

☿ Mercure.	♃ Jupiter.	⚴ Pallas.
♀ Vénus.	♄ Saturne.	⚵ Junon.
♁ La Terre.	♅ Uranus.	
♂ Mars.	⚳ Cérès.	⚶ Vesta.

☾ La Lune, satellite de la Terre.

SAISONS.

Printemps, 21 Mars, à 2 h. 9' du matin.	*Automne* 23 Septembre, à 1 h. 28' du soir.
Été, 21 Juin, à 11 h. 24' du soir.	*Hiver*, 22 Décembre, à 6 h. 44' du matin.

FÊTES MOBILES.

Septuagésime, 26 *Janv.*	TRINITÉ, 25 *Mai.*
Cendres, 12 *Février.*	FÈTE-DIEU, 29 *Mai.*
PAQUES, 30 *Mars.*	Avent, 30 *Novembre.*
Rogations 5, 6 et 7 *Mai.*	De l'Épiphanie à la Sep-
ASCENSION, 8 *Mai.*	tuagésime, 2 *Dim.*
PENTECOTE, 18 *Mai.*	De la Pent. à l'Av. 27 *D*

Comput Ecclésiastique.	*Quatre-Temps.*
Nombre d'or 11	19, 21 et 22 Février.
Épacte . . . . . XX.	21, 23 et 24 Mai.
Cycle solaire . . . 23.	17, 19 et 20 Septembre.
Indiction Romaine 7.	17, 19 et 20 Décembre.
Lettre Dominicale. E	

JANVIER 1834. *Signe*, le Verseau. ≈

D. Q. le 2, à 4 h. 17' du soir.
N. L. le 9, à 11 h. 12' du soir. *Apogée le 14.*
P. Q. le 18 à 2 h. 41' du matin.
P. L. le 25, à 10 h. 9' du matin. *Périgée le 26.*

JOURS, DATES et Noms des Saints.			Lev. du S.	Cou. du S.	Lever de la L.		Couch. de la L.	
			H. M.	H. M.	H.	M.	H.	M.
1	m.	*Circoncision.*	7 53	4 8	11 S	10	11	43
2	j.	s. Macaire, ab.	7 52	4 8	Matin.		11	54
3	v.	ste. Génevière	7 51	4 9	0	28	0	Soir.
4	s.	s. Rigobert, év.	7 51	4 9	1	41	0	40
5	D.	s. Siméon Styl.	7 50	4 10	2	58	1	6
6	l.	*Épiphanie.*	7 50	4 11	4	12	1	34
7	m.	s. Lucien, év.	7 49	4 12	5	23	2	8
8	m.	ste. Gudule.	7 48	4 12	6	28	2	53
9	j.	s. Julien, mart.	7 47	4 13	7	29	3	42
10	v.	s. Guillaume.	7 46	4 14	8	18	4	41
11	s.	s. Hygin, pap.	7 45	4 15	8	58	5	44
12	D.	s. Arcade, mar.	7 45	4 16	9	30	6	48
13	l.	Bapt. de N. S.	7 44	4 17	9	56	7	53
14	m.	s. Hilaire, év.	7 43	4 18	10	18	8	58
15	m.	S. N. de Jésus.	7 42	4 19	10	38	10	2
16	j.	s. Fursi, abbé.	7 41	4 20	10	56	11	6
17	v.	s. Antoine, ab.	7 39	4 21	11	15	Matin.	
18	s.	Ch. s. Pierre à R.	7 38	4 22	11	34	0	10
19	D.	s. Canut, Roi.	7 37	4 23	11	54	1	15
20	l.	ss. Fab. et Séb.	7 36	4 25	0 Soir	19	2	24
21	m.	ste. Agnès, v.	7 35	4 26	0 Soir	50	3	34
22	m.	s. Vincent, m.	7 33	4 27	1	30	4	44
23	j.	s. Raymond, c.	7 32	4 29	2	21	5	51
24	v.	s. Timothée.	7 31	4 30	3	25	6	52
25	s.	Conv. de s. P.	7 30	4 31	4	37	7	42
26	D.	*Septuagésime.*	7 28	4 32	5	59	8	22
27	l.	s. Jean-Chrys.	7 27	4 34	7	22	8	56
28	m.	s. Charlemagne	7 25	4 35	8	44	9	24
29	m.	s. Franç. de S.	7 24	4 37	10	4	9	49
30	j.	ste. Aldegonde.	7 23	4 38	11	22	10	12
31	v.	s. Pierre Nolas.	7 21	4 40	Matin.		10	35

FÉVRIER. *Signe*, les Poissons.)(

D. Q. le 1, à 1 h. 10′ du matin.
N. L. le 8, à 4 h. 56′ du soir. *Apogée le 11.*
P. Q. le 16, à 9 h. 36 du soir.
P. L. le 23, à 8 h. 55′ du soir. *Périgée le 24.*

JOURS, DATES et Noms des Saints.			Lev. duS. H. M.	Cou. duS. H. M.	Lever delaL. H. M.	Couch. delaL. H. M.
1	s.	s. Ignace, év.	7 19	4 41	0 10 (Matin.)	11 0 (Mat.)
2	D.	*Sexag. Purific.*	7 18	4 43	1 56	11 28
3	l.	s. Blaise, év.	7 17	4 44	3 8	0 2 (Soir.)
4	m.	s. André de C.	7 15	4 46	4 16	0 41
5	m.	ste. Agathe, v.	7 13	4 47	5 16	1 29
6	j.	ste Dorothée.	7 12	4 49	6 8	2 25
7	v.	s. Romuald, a.	7 10	4 51	6 50	3 27
8	s.	s. Jean de Mat.	7 8	4 52	7 25	4 31
9	D.	*Quinquagés.*	7 7	4 54	7 53	5 37
10	l.	ste. Scholastiq.	7 6	4 55	8 17	6 42
11	m.	s. Séverin.	7 4	4 57	8 38	7 46
12	m.	*Les Cendres.*	7 2	4 59	8 56	8 50
13	j.	s. Martinien.	7 0	5 1	9 14	9 54
14	v.	s. Valentin, p.	6 59	5 2	9 32	10 59
15	s.	s. Faustin, m.	6 57	5 4	9 52	Matin.
16	D.	*Quadragésime.*	6 55	5 6	10 15	0 5
17	l.	s. Donat, m.	6 54	5 7	10 41	1 13
18	m.	s. Siméon.	6 52	5 9	11 19	2 25
19	m.	s. Gabin. 4 *T.*	6 50	5 11	0 3 (Soir.)	3 29
20	j.	s. Eleuthère.	6 48	5 13	1 0	4 32
21	v.	s. Flavien. 4 *T.*	6 47	5 14	2 9	5 27
22	s.	Ch. s. Pierre 4 *T.*	6 45	5 16	3 27	6 14
23	D.	*Reminiscere.*	6 43	5 18	4 50	6 51
24	l.	s. Mathias, ap.	6 41	5 20	6 15	7 21
25	m.	s. Césaire.	6 40	5 21	7 40	7 48
26	m.	s. Alexandre.	6 38	5 23	9 3	8 13
27	j.	ste. Honorine.	6 36	5 25	10 24	8 37
28	v.	s. Romain, ab.	6 34	5 27	11 43	9 1

MARS. *Signe*, le Bélier. ♈

D. Q. le 2, à o h. 11′ du soir.
N. L. le 10, à 11h. 15′ du matin. *Apogée le 10.*
P. Q. le 18, à 1 h. 4′ du soir. *Périgée le 24.*
P. L. le 25, à 6 h. 16′ du matin.

JOURS, DATES et Noms des Saints.		Lev. du S		Cou. du S		Lever de la L.		Couch. de la L.	
		H.	M.	H.	M.	H.	M.	H.	M.
1	s.	s. Aubin, év.		6	33	5	28	Matin.		9	Matin. 25
2	D.	*Oculi.*		6	31	5	30	1	0	10	3
3	l.	ste. Cunégonde	6	29	5	32	2	11	10	42
4	m.	s. Casimir, c.	6	27	5	34	3	15	11	28
5	m.	s Théophile.	6	25	5	36	4	9	0	Soir. 22
6	j.	ste. Colette.	6	24	5	37	4	54	1	21
7	v.	s. Thomas d'A.	6	22	5	39	5	31	2	20
8	s.	s. Jean de Dieu	6	20	5	41	6	1	3	25
9	D.	*Lætare.*	6	18	5	43	6	24	4	38
10	l.	Les 40 Mart.	6	16	5	45	6	47	5	42
11	m.	s. Firmin, a.	6	15	5	46	7	7	6	46
12	m.	s. Grégoire, p.	6	13	5	48	7	24	7	50
13	j.	ste Euphrasie.	6	11	5	50	7	39	8	55
14	v.	ste. Mathilde.	6	9	5	52	8	0	10	1
15	s.	s. Longin, m.	6	7	5	54	8	24	11	8
16	D.	*La Passion.*	6	6	5	55	8	50	Matin.	
17	l.	s. Patrice, év.	6	4	5	57	9	21	0	15
18	m.	s. Gabriel, ar.	6	2	5	59	9	58	1	22
19	m.	s. Joseph, conf.	6	0	6	1	10	49	2	27
20	j.	s. Joachim, c.	5	58	6	3	11	50	3	21
21	v.	*N. D. des 7 doul*	5	57	6	4	Soir. 2		4	10
22	s.	s. Basile.	5	55	6	6	2	23	4	51
23	D.	*Les Rameaux.*	5	53	6	8	3	48	5	25
24	l.	s. Siméon, m.	5	51	6	10	5	13	5	53
25	m.	s. Humbert.	5	49	6	12	6	38	6	19
26	m.	s. Ludger, év.	5	47	6	14	8	3	6	43
27	j.	*La Cène.*	5	46	6	15	9	27	7	8
28	v.	*Mort de N. S.*	5	44	6	17	10	48	7	36
29	s.	s. Bertholde, c.	5	42	6	19	Matin.		8	7
30	D.	*PAQUES.*	5	40	6	21	0	5	8	44
31	l.	*Pâques.*	5	38	6	22	1	14	9	29

AVRIL. *Signe*, le Taureau. ♉

☽ D. Q. le 1, à 1 h. 32′ du matin. *Apogée le 6.*
● N. L. le 9, à 4 h. 50′ du matin.
☽ P. Q. le 17, à 0 h. 28′ du matin. *Périgée le 21.*
● P. L. le 23, à 2 h. 46′ s. ☽ D. Q. le 30, à 4 h. 43′ s.

JOURS, DATES et Noms des Saints.			Lev. du S	Cou. du S	Lever de la L.	Couch. de la L.
			H. M.	H. M.	H. M.	H. M.
1	m.	s. Hugues, év.	5 37	6 24	2 14 (Matin.)	10 22 (Mat.Soir.)
2	m.	s. Franç.de P.	5 35	6 26	3 0	11 24
3	j.	s. Richard, év.	5 33	6 28	3 40	0 26
4	v.	s. Ambroise.	5 31	6 30	4 13	1 29
5	s.	s. Vincent-Fer.	5 30	6 31	4 40	2 35
6	D.	Quasimodo.	5 28	6 33	5 2	3 41
7	l.	Annonciation.	5 26	6 35	5 22	4 46
8	m.	s. Albert, pat.	5 24	6 37	5 40	5 51
9	m.	ste. Marie.	5 23	6 38	5 57	6 56
10	j.	s. Macaire, év.	5 21	6 40	6 16	8 1
11	v.	s. Léon, p. d.	5 19	6 42	6 36	9 8
12	s.	s. Jules, pape.	5 17	6 44	7 0	10 15
13	D.	s.Herménégild	5 16	6 45	7 29	11 23
14	l.	s. Tiburce, m.	5 14	6 47	8 5	Matin.
15	m.	ste. Anastasie.	5 12	6 49	8 50	0 27
16	m.	s. Druon, c.	5 10	6 51	9 45	1 25
17	j.	s. Anicet, p.	5 9	6 52	10 53	2 15
18	v.	s. Parfait, m.	5 7	6 54	0 8 (Soir.)	2 56
19	s.	s. Léon IX.	5 5	6 56	1 27	3 31
20	D.	s. Théodore.	5 4	6 57	2 50	4 1
21	l.	s.Anselme, év.	5 2	6 59	4 13	4 26
22	m.	s. Soter, et C.	5 0	7 1	5 38	4 50
23	m.	s. George, m.	4 58	7 3	7 4	5 15
24	j.	s. Fidèle, m.	4 57	7 4	8 28	5 41
25	v.	s Marc.(Abs.)	4 55	7 6	9 48	6 9
26	s.	s. Clète, p. m.	4 54	7 7	11 4	6 43
27	D.	s.Anthime, év.	4 52	7 9	Matin.	7 26
28	l.	s. Vital, m.	4 50	7 11	0 10	8 16
29	m.	s. Pierre, m.	4 49	7 12	1 5	9 14
30	m.	ste.Cath.deS.	4 47	7 14	1 50	10 19

MAI. *Signe*, les Gémeaux. ♊

- N. L. le 8, à 8 h. 38' du soir. *Apogée le 4.*
- P. Q. le 16, à 8 h. 8' du matin. *Périgée le 20.*
- P. L. le 22, à 11 h. 14' du soir.
- D. Q. le 30, à 9 h. 6' du matin.

JOURS, DATES et Noms des Saints.			Lev. duS.		Cou. duS.		Lever delaL.		Couch. delaL.	
			H.	M.	H.	M.	H.	M.	H.	M.
1	j.	ss. Jacq. et PH.	4	46	7	15	2	24 (Matin.)	11	25 (M. Soir)
2	v.	s. Athanase, p	4	44	7	17	2	51	0	31
3	s.	Inv ste. Croix	4	42	7	19	3	14	1	36
4	D.	ste. Monique.	4	41	7	20	3	33	2	41
5	l.	s. Maurant *Rog*	4	39	7	22	3	52	3	46
6	m	s. Jean P. *Rog.*	4	38	7	23	4	9	4	51
7	m.	ste. Flavie *Rog.*	4	36	7	25	4	28	5	56
8	j.	ASCENSION.	4	35	7	26	4	47	7	3
9	v.	Tr. s. Nicolas.	4	33	7	28	5	9	8	11
10	s.	s. Antonin, ar.	4	32	7	29	5	36	9	20
11	D.	s. Gengoul, m.	4	30	7	30	6	9	10	26
12	l.	s. Nérée, n.	4	29	7	32	6	51	11	26
13	m.	s. Servais, év	4	27	7	33	7	43	Matin.	
14	m.	s. Boniface.	4	26	7	35	8	46	0	18
15	j.	s. Isidore, m.	4	25	7	36	9	59	1	2
16	v.	s. Honoré, év.	4	23	7	37	11	13	1	38
17	s.	ste. Restit *V. J*	4	22	7	39	0	33 (Soir)	2	6
18	D.	PENTECOTE	4	21	7	40	1	53	2	32
19	l.	s. Yves, conf.	4	20	7	41	3	13	2	55
20	m.	s. Bernardin.	4	18	7	42	4	35	3	17
21	m.	s Hospice, 4 *T.*	4	17	7	43	5	59	3	40
22	j.	ste. Julie, v.	4	16	7	45	7	22	4	7
23	v.	s. Didier, 4 *T.*	4	15	7	46	8	40	4	38
24	s.	s. Urbain. 4 *T.*	4	14	7	47	9	53	5	17
25	D.	*Trinité.*	4	13	7	48	10	54	6	3
26	l.	s. Philippe de N.	4	12	7	49	11	44	6	58
27	m.	s. Jules.	4	11	7	50	Matin.		8	1
28	m.	s. Germain.	4	10	7	51	0	23	9	8
29	j.	*Fête-Dieu.*	4	9	7	52	0	54	10	15
30	v.	s. Ferdinand.	4	8	7	53	1	18	11	22
31	s.	ste. Pétronille.	4	7	7	54	1	38	0 S.	28

JUIN. *Signe,* l'Ecrevisse. ♋

● N. L. le 7, à 10 h. 8' du matin. *Apogée le 1.*
☽ P. Q. le 14, à 1 h. 24' du soir. *Périgée le 16.*
◐ P. L. le 21, à 8 h. 30' du mat. *Apogée le 28.*
☾ D. Q. le 29, à 2 h. 3' du matin.

JOURS, DATES et Noms des Saints.			Lev. du S		Cou du S		Lever de la L.		Couch. de la L.	
			H.	M.	H.	M.	H.	M.	H.	M.
1	D.	s. Fortuné , c.	4	6	7	55	1	Matin. 57	1	Soir. 32
2	l.	s. Erasme , év.	4	5	7	55	2	14	2	37
3	m.	ste. Clotilde.	4	4	7	56	2	32	3	43
4	m.	s. Quirin , év.	4	3	7	57	2	51	4	49
5	j.	s. Boniface.	4	3	7	58	3	11	5	57
6	v.	s. Norbert, év	4	2	7	58	3	36	7	6
7	s.	s. Robert , ab.	4	1	7	59	4	6	8	13
8	D.	s. Médard, év.	4	0	8	0	4	45	9	17
9	l.	ste. Pélagie , v.	4	0	8	0	5	34	10	13
10	m.	s. Landri , év,	4	0	8	1	6	34	11	0
11	m.	s. Barnabé, ap.	3	59	8	1	7	45	11	37
12	j.	s. Ounphre.	3	59	8	1	8	59	Matin.	
13	v.	s. Antoine de P.	3	58	8	2	10	17	0	7
14	s.	s. Basile , év.	3	58	8	2	11	35	0	34
15	D.	s. Vite et M.	3	58	8	3	0	Soir. 54	0	56
16	l.	s. François R.	3	57	8	3	2	Soir. 13	1	17
17	m.	s. Avy , abbé.	3	57	8	3	3	33	1	40
18	m.	ste. Marine, v.	3	57	8	3	4	53	2	4
19	j.	s. Gervais et P.	3	57	8	3	6	13	2	31
20	v.	s. Silvère, p.	3	57	8	3	7	28	3	6
21	s.	s. Louis de G.	3	57	8	3	8	35	3	47
22	D.	s. Paulin, év.	3	57	8	3	9	30	4	38
23	l.	s. Liébert, év.	3	57	8	3	10	14	5	38
24	m.	*N. de s. J. -B.*	3	57	8	3	10	48	6	45
25	m.	Tr. de s. Eloi.	3	57	8	3	11	16	7	53
26	j.	ss. Jean et P.	3	57	8	3	11	38	9	3
27	v.	s. Ladislas, roi.	3	57	8	3	11	57	10	9
28	s.	s. Irénée , év.	3	58	8	3	Matin.		11	13
29	D.	*ss. Pierre et P.*	3	58	8	2	0	14	0	Soir. 17
30	l.	Comm. s. Paul.	3	58	8	2	0	31	1	Soir. 22

JUILLET. *Signe*, le Lion. ♌

N. L. le 6, à 9 h. 18′ du soir. *Périgée le* 11.
P. Q. le 13, à 5 h. 19′ du soir.
P. L. le 20, à 7 h. 20′ du soir. *Apogée le* 26.
D. Q. le 28, à 7 h. 11′ du soir.

JOURS, DATES et Noms des Saints.			*Lev. du S*		*Cou. du S*		*Lever de la L.*		*Couch. de la L.*	
			H.	M.	H.	M.	H.	M.	H.	M.
1	m.	s. Rombaut, év.	3	59	8	1	0	Matin. 53	2	Soir. 9
2	m.	Visitat. de la V.	3	59	8	1	1	9	3	30
3	j.	s. Hyacinthe.	3	59	8	0	1	31	4	45
4	v.	Tr. s. Martin.	4	0	8	0	2	0	5	54
5	s.	ste. Zoé, mart.	4	0	7	59	2	35	6	58
6	D.	ste. Godelive.	4	1	7	59	3	20	7	57
7	l.	s. Willebaud.	4	2	7	58	4	18	8	49
8	m.	s. Elisabeth, r.	4	2	7	57	5	26	9	32
9	m.	Les 19 Mart. G.	4	3	7	57	6	41	10	7
10	j.	ste. Félicité, m.	4	4	7	56	8	0	10	35
11	v.	Tr. de s. Benoît	4	4	7	55	9	20	10	58
12	s.	s. Gualbert, ab	4	5	7	54	10	39	11	19
13	D.	s. Anaclet, pr.	4	6	7	54	11	56	11	40
14	l.	s. Bonaventure	4	7	7	53	1	Soir. 15	Matin.	
15	m.	s. Henri, emp.	4	8	7	52	2	34	0	3
16	m.	N.-D. du M. C.	4	9	7	51	3	52	0	28
17	j.	s. Alexis, conf.	4	10	7	50	5	7	0	59
18	v.	s. Arnould, év.	4	11	7	49	6	17	1	37
19	s.	s. Vincent de P.	4	12	7	48	7	16	2	24
20	D.	ste. Marguerite	4	13	7	47	8	5	3	20
21	l.	s. Victor, m.	4	14	7	45	8	44	4	24
22	m.	ste. Marie-M.	4	15	7	44	9	13	5	32
23	m.	s. Apollinaire.	4	16	7	43	9	37	6	41
24	j.	ste. Christine.	4	18	7	42	9	58	7	49
25	v.	s. Jacq. et s. Ch.	4	19	7	41	10	17	8	54
26	s.	ste. Anne.	4	20	7	39	10	34	10	0
27	D.	s. Désiré, év.	4	21	7	38	10	51	11	6
28	l.	s. Nazaire.	4	22	7	37	11	9	0	Soir. 11
29	m.	ste. Marthe, v.	4	24	7	36	11	30	1	17
30	m.	s. Abdon, m.	4	25	7	34	11	55	2	24
31	j.	s. Ignace de L.	4	26	7	33	Matin.		3	32

AOUT. *Signe*, la Vierge. ♍

N. L. le 5, à 6 h. 39' du matin. *Périgée le 7.*
P. Q. le 11, à 10 h. 17' du soir.
P. L. le 19, à 8 h. 16' du matin. *Apogée le 23.*
D. Q. le 27, à 11 h. 54' du matin.

JOURS, DATES et Noms des Saints.			Lev. duS.		Cou. duS.		Lever delaL.		Couch. delaL.	
			H.	M.	H.	M.	H.	M.	H.	M.
1	v.	s. Pierre ès-L.	4	28	7	31	0	Matin 28	4	Soir 41
2	s.	N. D. des Anges	4	29	7	30	1	10	5	44
3	D.	Inv. s. Étienne	4	31	7	29	2	1	6	39
4	l.	s. Dominique.	4	32	7	27	3	5	7	25
5	m.	N. D. aux Neig.	4	34	7	26	4	20	8	3
6	m.	Tr. de N. Seig	4	35	7	24	5	40	8	34
7	j.	s. Gaëtan de T.	4	36	7	23	7	1	8	59
8	v.	s. Cyriaque.	4	38	7	21	8	23	9	22
9	s.	s. Romain, m.	4	39	7	20	9	45	9	45
10	D.	s. Laurent, ar.	4	41	7	18	11	5	10	8
11	l.	ste. Susanne, v.	4	42	7	17	0	Soir 23	10	33
12	m.	ste. Claire, v.	4	44	7	15	1	43	11	2
13	m.	s. Hypolite.	4	46	7	14	2	58	11	37
14	j.	s. Eusèbe V. J.	4	47	7	12	4	9	Matin.	
15	v.	ASSOMPTION	4	49	7	10	5	11	0	21
16	s.	s. Roch, conf.	4	50	7	9	6	3	1	14
17	D.	s. Mammez, m.	4	52	7	7	6	43	2	15
18	l.	ste. Hélène.	4	54	7	6	7	15	3	21
19	m.	ste. Thècle.	4	55	7	4	7	42	4	29
20	m.	s. Bernard, ab.	4	57	7	2	8	5	5	38
21	j.	ste. Franç. de C.	4	58	7	1	8	24	6	45
22	v.	s. Simphorien.	5	0	6	59	8	41	7	51
23	s.	s. Philippe B.	5	2	6	57	8	58	8	56
24	D.	s. Barthélémi.	5	4	6	56	9	16	10	1
25	l.	s. Louis, Roi.	5	5	6	54	9	36	11	7
26	m.	s. Zéphirin, pa.	5	7	6	52	10	0	0	Soir 15
27	m.	s. Césaire d'Arl.	5	9	6	51	10	29	1	22
28	j.	s. Augustin, év.	5	10	6	49	11	6	2	27
29	v.	Déc. des J.-B.	5	12	6	47	11	51	3	31
30	s.	ste. Rose de L.	5	14	6	45	Matin.		4	30
31	D.	s. Raymond N.	5	15	6	44	0	47	5	21

SEPTEMBRE. *Signe*, la Balance. ♎

N. L. le 3 , à 3 h. 1′ du soir. *Périgée le 4.*
P. Q. le 10 , à 5 h. 38′ du matin.
P. L. le 17 , à 11 h. 33′ du soir. *Apogée le 19.*
D. Q. le 26 , à 3 h. 24′ du matin.

JOURS , DATES et Noms des Saints.			Lev. duS.		Cou. duS.		Lever. delaL.		Couch. delaL.	
			H. M.		H. M.		H.	M.	H.	M.
1	l.	s. Gilles, abbé	5	18	6	42	1	57 (Matin.)	6	3 (Soir.)
2	m.	s. Etienne, Roi	5	19	6	40	3	17	6	38
3	m.	ste. Séraphie.	5	21	6	38	4	41	7	7
4	j.	ste. Rosalie, v.	5	22	6	37	6	5	7	33
5	v.	s. Bertin , abb.	5	24	6	35	7	29	7	57
6	s.	s. Zacharie, pr.	5	26	6	33	8	53	8	19
7	D.	ste. Reine, v.	5	28	6	32	10	16	8	42
8	l.	*Nat. de N. D.*	5	29	6	30	11	38	9	10
9	m.	s. Omer, év.	5	31	6	28	0	57 (Soir.)	9	44
10	m.	s. Nicol. de T.	5	33	6	26	2	10	10	26
11	j.	ss. Prote et H.	5	35	6	25	3	15	11	16
12	v.	s. Guidon, c.	5	36	6	23	4	9	Matin.	
13	s.	s. Aimé, arch.	5	38	6	21	4	53	0	14
14	D.	Exalt. deste. C.	5	40	6	19	5	28	1	19
15	l.	s. Emile.	5	42	6	17	5	56	2	27
16	m.	ste. Euphémie.	5	43	6	16	6	18	3	36
17	m.	s. Lambert 4 *T*.	5	45	6	14	6	38	4	43
18	j.	ste. Sophie, m.	5	47	6	12	6	56	5	49
19	v.	s. Janvier. 4 *T*.	5	49	6	10	7	12	6	56
20	s.	s. Eustache 4 *T*.	5	51	6	8	7	29	8	0
21	D.	s. Matthieu.	5	52	6	7	7	48	9	5
22	l.	s. Maurice.	5	54	6	5	8	11	10	11
23	m.	s. Lin, p. mart.	5	56	6	3	8	36	11	18
24	m.	N. D. de la Merci	5	58	6	1	9	7	0	25 (Soir.)
25	j.	s. Firmin, év.	5	59	6	0	9	49	1	29
26	v.	ste. Justine, v.	6	1	6	58	10	42	2	29
27	s.	ss. Côme et D.	6	3	5	56	11	45	3	22
28	D.	s. Wenceslas.	6	5	5	54	Matin.		4	6
29	l.	Déd. de s. Mic.	6	7	5	52	0	57	4	43
30	m.	s. Jérôme, pr.	6	9	5	51	2	18	5	14

OCTOBRE. *Signe*, le Scorpion. ♏

N. L. le 2, à 11 h. 22' du soir. *Périgée le 3.*
P. Q. le 9, à 4 h. 42' du soir. *Apogée le 17.*
P. L. le 17, à 4 h. 51' du soir.
D. Q. le 25, à 4 h. 53' du soir. *Périgée le 31.*

JOURS, DATES et Noms des Saints.			Lev. du S	Cou du S	Lever de la L.	Couch. de la L.
			H. M.	H. M	H. M.	H. M.
1	m.	ss. Remi et Piat	6 10	5 49	3 Matin. 45	5 Soir. 39
2	j.	Le ss. Anges g.	6 12	5 47	5 7	6 2
3	v.	s. Denis, mart.	6 14	5 45	6 31	6 26
4	s.	s. François d'A.	6 16	5 43	7 57	6 50
5	D.	s. Placide, conf	6 17	5 42	9 24	7 17
6	l.	s. Bruno, conf.	6 19	5 40	10 48	7 49
7	m.	s. Marc, pape.	6 21	5 38	0 Soir. 6	8 29
8	m.	ste. Brigitte, v.	6 23	5 36	1 16	9 17
9	j.	s. Ghislain, év.	6 25	5 35	2 16	10 15
10	v.	s. François de B.	6 26	5 33	3 4	11 19
11	s.	s. Gomer, conf.	6 28	5 31	3 41	Matin.
12	D.	s. Maximilien.	6 30	5 29	4 10	0 27
13	l.	s. Edouard, R.	6 32	5 28	4 34	1 36
14	m.	s. Calixte, p.m.	6 33	5 26	4 53	2 43
15	m.	ste. Thérèse, v.	6 35	5 24	5 11	3 49
16	j.	s. Martinien.	6 37	5 22	5 28	4 54
17	v.	s. Florentin, év.	6 39	5 21	5 46	6 0
18	s.	s. Luc, évang.	6 40	5 19	6 4	7 6
19	D.	s. Pierre d'Alc.	6 42	5 17	6 24	8 12
20	l.	s. Caprais, m.	6 44	5 15	6 46	9 18
21	m.	ste. Ursule.	6 46	5 14	7 14	10 24
22	m.	s. Mellon, év.	6 47	5 12	7 52	11 29
23	j.	s. Séverin, év.	6 49	5 10	8 39	0 Soir. 30
24	v.	s. Magloire, év.	6 51	5 8	9 36	1 24
25	s.	ss. Crépin et C.	6 52	5 7	10 43	2 10
26	D.	s. Evariste, pr.	6 54	5 5	11 58	3 48
27	l.	s. Frumence.	6 56	5 3	Matin.	3 20
28	m.	ss. Simon et J.	6 58	5 2	1 17	3 46
29	m.	s. Narcisse, p.	6 59	5 0	2 38	4 9
30	j.	s. Lucain.	7 1	4 58	4 2	4 31
31	v.	s. Quentin *V. J.*	7 3	4 57	5 27	4 53

NOVEMBRE. *Signe le Sagittaire.* ↗

◉ N. L. le 1, à 8 h. 33′ du matin.
☽ P. Q. le 8, à 6 h. 55′ du matin. *Apogée le 13.*
☽ P. L. le 16, à 11 h. 12′ du matin. *Périgée le 29.*
☽ D. Q. le 24, à 3 h. 59′ m. ☾ N. L. le 30, à 7 h. 8′ s.

JOURS, DATES et Noms des Saints.			Lev. du S		Cou. du S		Lever de la L		Couch. de la L	
			H.	M.	H.	M.	H.	M.	H.	M.
1	s.	TOUSSAINT.	7	4	4	55	6	Matin. 55	5	Soir. 18
2	D.	*Com. des Morts*	7	6	4	53	8	21	5	48
3	l.	s. Hubert, év.	7	7	4	52	9	46	6	24
4	m.	s. Charles B.	7	9	4	50	11	3	7	10
5	m.	s. Zacharie, p.	7	11	4	49	0	Soir. 9	8	5
6	j.	s. Léonard, c.	7	12	4	47	1	3	9	8
7	v.	s. Ernest, év.	7	14	4	46	1	45	10	16
8	s.	Les 4 SS. cour.	7	15	4	44	2	17	11	26
9	D.	s. Mathurin, c.	7	17	4	43	2	42	Matin.	
10	l.	s. Juste, évêq.	7	18	4	41	3	3	0	35
11	m.	s. Martin, arc.	7	20	4	40	3	21	1	42
12	m.	s. René, év.	7	21	4	38	3	38	2	48
13	j.	s. Homobon, c.	7	23	4	37	3	54	3	53
14	v.	s. Albéric, év.	7	24	4	35	4	10	4	57
15	s.	s. Eugène, év.	7	26	4	34	4	29	6	2
16	D	s. Edmond, arc.	7	27	4	32	4	51	7	9
17	l.	s. Grégoire, év.	7	28	4	31	5	18	8	16
18	m.	s. Odon, abbé.	7	30	4	30	5	51	9	21
19	m.	ste. Elisabeth.	7	31	4	28	6	34	10	24
20	j.	s. Félix de Val.	7	32	4	27	7	28	11	21
21	v.	Prés. de N. D.	7	34	4	26	8	32	0	Soir. 9
22	s.	ste. Cécile, v.	7	35	4	25	9	42	0	48
23	D.	s. Clément, p.	7	36	4	23	10	57	1	19
24	l.	ste. Flore, v.	7	37	4	22	Matin.		1	45
25	m.	ste. Catherine.	7	38	4	21	0	15	2	8
26	m.	s. Pierre d'Al.	7	40	4	20	1	34	2	29
27	j.	s. Maxime, é.	7	41	4	19	2	54	2	49
28	v.	s. Sosthène.	7	42	4	18	4	16	3	12
29	s.	s. Saturnin, m.	7	43	4	17	5	39	3	38
30	D.	*Avent.*	7	44	4	16	7	6	4	10

DÉCEMBRE. *Signe*, le Capricorne. ♑

☽ P. Q. le 8, à 1 h. 0' du matin. *Apogée le* 10.
🌕 P. L. le 16, à 5 h. 8' du matin.
☾ D. Q. le 23, à 1 h. 0' du soir. *Périgée le* 26.
● N. L. le 30, à 7 h. 19' du matin.

JOURS, DATES et Noms des Saints.		Lev. duS.	Cou. duS.	Lever delaL.	Couch. delaL.
		H. M.	H. M.	H. M.	H. M.
1	l.	s. Eloi , év.	7 45	4 15	8 30	4 50
2	m.	ste. Bibiane.	7 46	4 14	9 45	5 41
3	m.	s. Franc. Xav.	7 46	4 13	10 46	6 43
4	j.	ste. Barbe , v.	7 47	4 12	11 34	7 51
5	v.	s. Sabbas , ab.	7 48	4 12	0 10	9 2
6	s.	s. Nicolas, év.	7 49	4 11	0 38	10 12
7	D.	s. Ambroise.	7 50	4 10	1 1	11 20
8	l.	*Conc. de N. D.*	7 51	4 9	1 19	Matin.
9	m.	ste. Léocadie.	7 51	4 9	1 35	0 27
10	m.	ste. Valère, v.	7 51	4 8	1 52	1 32
11	j.	s. Damase, p.	7 52	4 8	2 8	2 37
12	v.	ste. Constance.	7 53	4 7	2 26	3 42
13	s.	ste. Luce, v.	7 53	4 7	2 47	4 49
14	D.	s. Nicaise.	7 53	4 6	3 11	5 57
15	l.	s. Mesmin, ab.	7 54	4 6	3 42	7 4
16	m.	ste. Adélaïde.	7 54	4 6	4 22	8 9
17	m.	ste. Olymp. 4 T'	7 54	4 6	5 13	9 8
18	j.	s. Gatien.	7 55	4 5	6 14	9 59
19	v.	s. Timothé 4 T'	7 55	4 5	7 23	10 40
20	s.	s Philogone 4 T'	7 55	4 5	8 37	11 13
21	D.	s. Thomas, ap.	7 55	4 5	9 53	11 40
22	l.	s. Flavien , c.	7 55	4 5	11 9	0 3
23	m.	ste. Victoire.	7 55	4 5	Matin.	0 24
24	m.	s. Delphin V. J.	7 55	4 5	0 27	0 44
25	j.	NOEL.	7 55	4 5	1 47	1 5
26	v.	*s. Etienne*, m.	7 55	4 5	3 7	1 28
27	s.	s. Jean, évang.	7 54	4 6	4 28	1 55
28	D.	ss. Innocens.	7 54	4 6	5 50	2 30
29	l.	s. Thomas de C.	7 54	4 6	7 7	3 16
30	m.	s. Sabin, év.	7 53	4 7	8 16	4 10
31	m.	s. Sylvestre.	7 53	4 7	9 15	5 11

OBSERVATIONS SUR L'ANNÉE.

ANNÉES

1834. De N. S. J.-C. et contient 365 jours.

5834. Depuis le commencement du Monde, d'après la chronologie d'Ussérius qui fixe l'ère chrétienne, à l'an 4004 du Monde.

4178. Depuis le Déluge universel d'après Ussérius

1801. Depuis la Mort et Résurrection de N. S. J.-C.

6547. De la période Julienne.

2587. De la fondation de Rome, selon Varron.

2581. Depuis l'ère de Nabonassar, fixée au 26 Février 3967 de la période Julienne, ou 747 ans avant J.-C. selon les chronologistes, et 746 suivant les astronomes.

2610. Des Olympiades, ou la 2.e année de la 653.e Olympiade qui commencera en Juillet 1834, en fixant l'ère des Olympiades 775 1/2 ans avant J.-C., ou vers le 1.er Juillet de l'an 3938 de la période Julienne.

252. De la Correction Grégorienne

1249. Des Turcs a commencé le 21 Mai 1853, et finira le 9 Mai 1834, selon l'usage de Constantinople.

ÉCLIPSES.

Il y aura cette année cinq Éclipses, dont trois de Soleil et deux de Lune.

La première Éclipse de Soleil, invisible à Paris, aura lieu le 9 Janvier.

La deuxième Éclipse de Soleil, invisible à Paris, aura lieu le 7 Juin.

La première Éclipse totale de Lune, invisible à Paris, aura lieu le 21 Juin.

La troisième Éclipse de Soleil, invisible à Paris, aura lieu le 30 Novembre.

La seconde Éclipse de Lune, visible à Paris, aura lieu le 16 Décembre. Commencement à 3 h. 32 m. 2/3 du matin; milieu à 5 h. 1 m. 3/4; fin à 6 h. 30 m. 3/4; grandeur 8 doigts 10 m.

TABLE DES MARÉES DE 1834.

Mois.	Jours et heures de la Syzygie.	Hauteur
Janv.	N. L. le 9, à 11 h. 12' du s.	0,76
	P. L. le 25, à 10 h. 9' du m.	0,95
Février	N. L. le 8, à 4 h. 56' du s.	0,80
	P. L. le 23, à 8 h. 55' du s.	1,07
Mars.	N. L. le 10, à 11 h. 15' du m.	0,94
	P. L. le 25, à 6 h. 16' du m.	1,13
Avril.	N. L. le 9, a 4 h. 50' du m.	0,85
	P. L. le 23, à 2 h. 46' du s.	1,07
Mai.	N. L. le 8, a 8 h. 38' du s.	0,81
	P. L. le 22, à 11 h. 14' du s.	0,94
Juin.	N. L. le 7, à 10 h. 8' du m.	0,79
	P. L. le 21, à 8 h. 30' du m.	0,83
Juillet	N. L. le 6, à 9 h. 18' du s.	0,81
	P. L. le 20, à 7 h. 20' du s.	0,79
Août.	N. L. le 5, à 6 h. 30' du m.	0,92
	P. L. le 19, à 8 h. 16' du m.	0,80
Sept.	N. L. le 3, à 3 h. 1' du s.	1,06
	F. L. le 17, à 11 h. 33' du s.	0,85
Octob.	N. L. le 2, à 11 h. 22' du s.	1,13
	P. L. le 17, à 4 h. 51' du s.	0,94
Nov.	N. L. le 1, à 8 h. 33' du m.	1,08
	P. L. le 16, à 11 h. 12' du m.	0,79
	N. L. le 30, à 7 h. 8' du s.	0,96
Déc.	P. L. le 16, à 5 h. 8' du m.	0,77
	N. L. le 30, a 7 h. 19' du m.	0,86

On voit par ce tableau que, pendant l'année 1834, les positions du Soleil et de la Lune, par rapport à la Terre et au plan de l'équateur, sont telles vers les Syzygies, que les Marées du 25 Février, du 26 Mars, du 25 Avril, du 5 Septembre du 4 Octobre et du 2 Novembre, pourront être considérables, surtout si elles sont favorisées par les vents.

JE VEUX T'AIMER

TOUJOURS.

Andante.

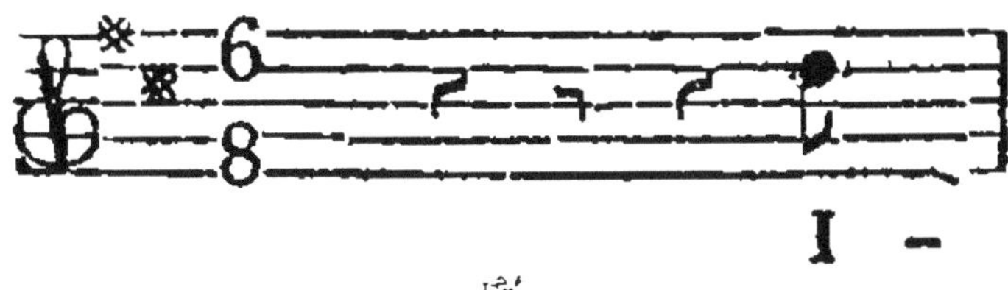

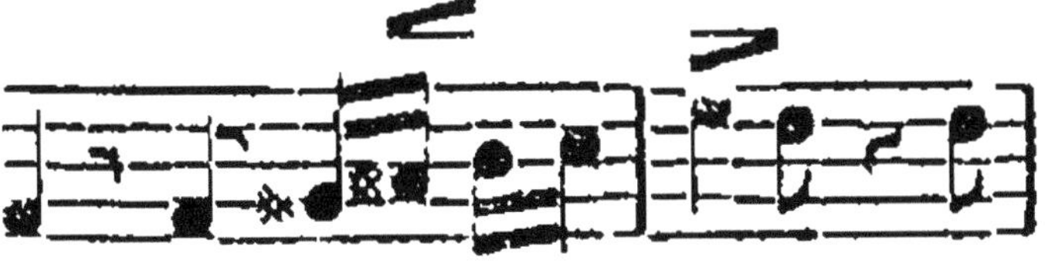

corde à mon dé ~ ~ sir.
Com ~ me je t'aime en mes beaux
jours, Je veux t'ai ~ mer tou ~
jours. Com ~ me je
t'ai-me en mes beaux
jours, Je

Donne-moi l'espérance,
Je te l'offre en retour ;
Apprends-moi la constance,
Je t'apprendrai l'amour.

Sois d'un cœur qui t'adore
L'unique souvenir ;
Je te promets encore
Ce que j'ai d'avenir.

LE SENS COMMUN.

A ce sens a-t-on pu donner ce
nom bizarre ?
Le sens *commun* de tous fut toujours le plus *rare*.

LES GLOUS GLOUS.

Air : *Sau, sau, sau, sau, sau,
saulez donc !*

Vous qui prêchez contre la treille,
Qui tonnez contre le tonneau,
Sur les glous glous de la bouteille,
Caraffe en main, criez: Haro !...
Bonsoir, je fuis dans mon caveau!
Un buveur d'eau qui se courrouce
A tout l'air d'un dindon qui glousse!

Ici le chanteur boit.

Glou, glou, glou, glou, glou...
gloussez donc,
Gloussez, en buvant de l'eau douce!

(*Le chanteur vide son verre.*)

Glou, glou, glou, glou, glou...
gloussez donc,
Et trinquez avec le dindon !

Nota. Dans les couplets suivans, on répète
le même jeu

D'un clair ruisseau le plat murmure
Vous fait rêver et soupirer ;

D'un vin frais, qui coule en mesure,
Le glou glou, qu'on doit préférer,
Vient nous charmer, nous inspirer;
Tandis que nous fêtons la mousse
Qui vole au plafond sans secousse,
Glou, glou, glou, etc., etc.

Chanter, boire et trinquer à table,
Sont trois plaisirs dignes des dieux:
En chantant, l'homme est plus trai-
   table,
En buvant, il vaut encor mieux,
Grâce aux glous glous d'un bon vin
   vieux !
En trinquant, le chagrin s'émousse,
Et vers l'Amour Bacchus nous
   pousse.
Glou, glou, glou, etc., etc.

Dieu puissant, je te prends pour juge!
Toi, dont la justice ordonna
Les tristes glous glous du déluge
Et les doux glous glous de Cana,
Où plus d'un luron s'en donna !
Aux nigauds que ton cœur repousse,
Tu dis, pendant qu'un flot les
   trousse :

Glou , glou , glou , glou , glou...
    gloussez donc ,
Gloussez, en buvant de l'eau douce!
Glou , glou , glou , glou , glou...
    gloussez donc ,
Et trinquez avec le dindon !

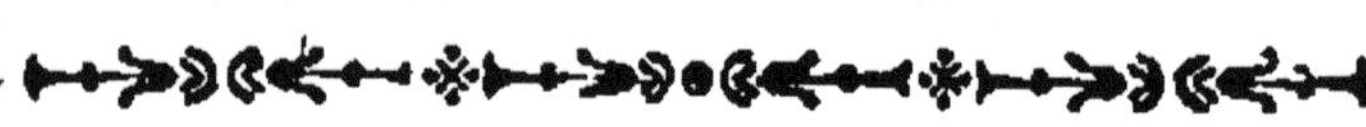

ROSELINE.

ROMANCE.

Air *d'Aristippe.*

« Pourquoi , seulette , ô jeune
fille !
Errer le soir dans la forêt ?
Dans tes regards le plaisir brille ;
Mais ton cœur me cache un secret.
Crains une faveur passagère ,
Il en est temps , éloigne-toi :
Il vaut bien mieux rester simple
    bergère
Que devenir la maîtresse d'un roi.»

Ainsi disait , sans le connaître ,
A Roseline , un bon vieillard ;
Il avait vu le roi son maître ,

En ces lieux attendre à l'écart.
Mais au monde encore étrangère
La pauvre enfant, de bonne foi,
Pense qu'on peut rester simple ber-
    gère
En devenant la maîtresse d'un roi.

La raison se sert d'un langage
Que n'écoutent pas les amans.
Roseline était à cet âge
Où l'on ne croit qu'aux doux ser-
    mens ;
Elle rejoint, vive et légère,
Celui qui cause son émoi ;
Pour son malheur, cette simple
    bergère
Devint bientôt la maîtresse d'un
    roi.

Tous les plaisirs de l'opulence
Charment Roseline à la cour ;
Mais du monarque la constance
Pour elle ne dura qu'un jour !
Est-ce une erreur mensongère ?
Pour elle... un ordre de renvoi...!
Mieux eût valu rester simple bergère
Que devenir la maîtresse d'un roi.

SEIZE ANS.

Joignant la grâce à l'innocence,
Ignorant encor les tourmens,
La jeune fille à l'espérance
Ouvre son cœur sans défiance ;
Elle a seize ans.

Son œil bleu, sa taille élancée,
Attirent déjà les amans ;
Elle est timide, embarrassée,
Ne sait où porter sa pensée...
Elle a seize ans.

D'un tendre feu ton œil pétille,
Crains les fleurettes des amans !
Ingénue autant que gentille,
Crains ton miroir, aimable fille,
Et tes seize ans !

LE JEUNE MALADE.

ROMANCE.

AIR *d'Aristippe.*

LE printemps naît ; les fleurs se
   renouvellent
Au frais si doux de l'aile du zéphyr ;
Du rossignol les concerts nous ap-
   pellent
Dans ces bosquets qui viennent de
   verdir.
Quand tout sourit à la terre em-
   bellie,
Faible et souffrant, je me sens dé-
   périr.
Si jeune, hélas ! abandonner la vie,
Moi, qui rêvais un si doux avenir !

Ce beau lilas avec moi prit naissance,
Et mon destin au sien semblait
   s'unir ;
Quand des beaux jours il ressent
   l'influence,

Sa fleur renaît, et moi je vais mou-
        rir !
Eh quoi ! déjà ma carrière est finie !
Je vois aux cieux mon étoile pâlir.
Si jeune, hélas! abandonner la vie,
Moi, qui rêvais un si doux avenir !

J'entends au loin la cloche mono-
        tone;
C'est du hameau le douloureux bef-
        froi.
Ce bruit de mort jusqu'à mon cœur
        résonne ;
Ce glas funèbre, on le tinte pour
        moi.
Pourquoi, cruels, sonner mon
        agonie ?
Paisiblement ne puis-je pas finir ?
Si jeune, hélas ! abandonner la vie,
Moi, qui rêvais un si doux avenir !

Entourez tous ma couche infor-
        tunée !
Ma main vers vous fait un dernier
        effort.
Peut-être, amis, la fin de la journée
D'un malheureux va terminer le
        sort.

Déjà je sens sur ma vue affaiblie
Un voile obscur s'étendre et s'é-
          paissir.
Si jeune, hélas! abandonner la vie,
Moi, qui rêvais un si doux avenir!

LA VIE
D'UN PARTICULIER.

ROMANCE ROMANTIQUE,

Avec dix ans d'intervalle entre
chaque couplet.

AIR : *De ma Céline*, etc.

Le particulier a dix ans.

QUE les parens sont ridicules
Avec leur latin et leur grec!
Combien je suis las de férules,
Et de pensums, et de pain sec!
Ah! de grandir j'ai bonne envie!...
Alors, loin d'être nonchalant,
Je veux tous les jours de ma vie,
Faire enlever un cerf-volant.

Le particulier a vingt ans.

Ah! que ma cousine est jolie!

Les beaux yeux ! quel air de dou-
    ceur !
Déjà je l'aime à la folie,
L'épouser ferait mon bonheur:
On m'objecte encore mon âge;
Vingt ans, c'est trop jeune, dit-
    on ;
J'en voudrais avoir davantage
Afin de n'être plus garçon.

Le particulier a trente ans.

Vraiment, ma femme est en-
    nuyeuse !
Elle veut me tyranniser;
De mon temps, pour la rendre
    heureuse,
Je ne puis jamais disposer.
Après dix ans d'hymen, j'espère
Qu'on doit être plus tolérant ;
Quand donc, pour promener sa
    mère,
Mon fils sera-t-il assez grand ?

Le particulier a quarante ans.

Mon fils a quinze ans, et le drôle
Ira loin. Si je m'y connais ;
Pour ma fille, sur ma parole ,

On admirera ses attraits.
Je veux qu'elle épouse une altesse
Et que mon fils soit général.
A leur nôce quelle allégresse !
Quand donc en verrai-je le bal !

Le particulier a cinquante ans.

Au diable soit de la famille !
Mon vaurien a tout engagé ,
Et l'argent qu'a reçu ma fille
Déjà par mon gendre est mangé.
Partons, car si je n'y prends garde,
Mon bien n'y suffira jamais.
Ah! d'être loin d'eux qu'il me tarde,
Afin de pouvoir vivre en paix !

Le particulier a soixante ans.

En me rappelant ma jeunesse ,
Maintenant que j'ai soixante ans ,
Je vois que par ses vœux sans cesse
On presse la marche du Temps ;
C'est à vieillir que l'on aspire ,
Puisque , même sur mon déclin ,
Il m'arrive encore de dire:
« Je voudrais bien être à demain. »

ÉLOGE DES ENFERS.

Air du vaudeville *d'Une visite à Bedlam.*

A la ronde
Suivez-moi !
Partons tous pour l'autre monde !
N'en ayez aucun effroi !
On est là mieux que chez soi. (*bis*).

Pour votre repos , je veux
Dissiper l'erreur profonde
Où jettent les contes bleus
Qu'on a faits sur l'autre monde.

A la ronde , etc.

Amis, le sombre manoir
Me doit sa métamorphose ;
Il fut peint toujours en noir !...
Je le peins couleur de rose.

A la ronde , etc.

De flammes étincelant ,
Le grand fleuve du Tartare

N'est rien qu'un punch excellent
Qu'un vieux nocher nous prépare.
     A la ronde , etc.

On nous aime tant là-bas !
Cerbère , ce bon caniche ,
Laisse entrer , mais ne veut pas
Que de l'enfer on déniche.
     A la ronde , etc.

Ces juges dont les rigueurs
Ici troublent tant nos têtes ,
Le front couronné de fleurs ,
Là n'ordonnent que des fêtes.
     A la ronde , etc.

Loin de s'armer de ciseaux
Pour nous envoyer au diable ,
Les Parques , de leurs fuseaux ,
Filent du linge de table.
     A la ronde , etc.

Là , de sœurs un demi-cent ,
Nuit et jour à leur besogne ,
Versent à chaque passant
Le Champagne ou le Bourgogne.
     A la ronde , etc.

Tithie , aimable géant ,
De boucher fait le service ;
Et Tantale , en bon vivant,
Garde la cave et l'office.

    A la ronde , etc.

Sisyphe paisiblement
Se repose sur sa roche ,
Quand toujours en mouvement ,
Ixion tourne la broche.

    A la ronde , etc.

L'onde claire du Léthé
Vient chaque jour , après boire ,
S'unir au charme du thé ,
Pour vous rendre la mémoire.

    A la ronde
    Suivez-moi ,
Partons tous pour l'autre monde!
    etc.

QUATRE VÉRITÉS.

CHANSON PHILOSOPHIQUE.

Air : *Du Dieu des bonnes gens.*

La Vérité vient-elle sur la terre ?
De quel côté se trouve son réduit ?
L'un vous dira qu'elle est au fond
    d'un verre ;
L'autre prétend qu'elle est au fond
    d'un puits.
Pourquoi se perdre en recherche,
    en science,
Quand la nature à ce globe habité
Donne le souffle, et montre l'exis-
    tence
    Comme une vérité ?

Faut-il, du Temps pressant le vol
    perfide,
De la naissance aller droit au tré-
    pas ?
Eh ! pourquoi non ? Dans ce siècle
    rapide

De l'une à l'autre il n'est souvent
        qu'un pas.
Moi , dont bien noire est la philo-
        sophie,
Je n'aperçois comme un fait at-
        testé
Rien que la mort qui puisse , après
        la vie ,
    Être une vérité.

En attendant que mon sort s'ac-
        complisse,
J'en suis certain , dans le pays des
        morts
On ne voit point d'abus , ni d'in-
        justice ,
Ni de monarque entassant des tré-
        sors.
Dans ce pays , qui n'est point sur
        la carte ,
Paisiblement règne l'égalité ;
Et là, du moins , on est sûr que la
        Charte
    Est une vérité.

Saint Simoniens , secte d'extrava-
        gance ,
Culte postiche et prêtres sans autels,

Pourquoi vouloir d'une antique
   croyance
Renier, seuls, les dogmes immor-
   tels ?
Lorsque quittant son écorce fragile,
Votre âme, au ciel, un jour, aura
   monté,
Vous serez sûrs, la-haut, que
   l'Évangile
   Est une vérité.

POUVONS-NOUS RIRE

ENCORE ?

(Juillet 1832.)

Air : *Suzon sortait de son village.*

Près de nous se forme l'orage ;
Amis, détournons-en les yeux :
Guettons le plaisir au passage,
Et, s'il se peut, soyons joyeux !
   Mais, je vous prie,
   S'il faut qu'on rie,
Que ce soit bas ! montrons-nous
   circonspects !

        Maint prolétaire
        Meurt de misère,
Son infortune a droit à nos respects.
Crésus, sans l'adoucir, déplore
Des artisans l'affreux destin ;
Que l'un d'eux, grâce à nous, de-
        main
        Puisse sourire encore !

Maintenant, sûrs qu'à l'indigence
Nous épargnerons quelques pleurs,
Nous pouvons un instant, je pense,
Tâcher d'endormir nos douleurs.
        De l'allégresse !
        Mais point d'ivresse !
Le Choléra, ce fermier d'Atropos,
        Vrai trouble-fête
        Toujours en quête,
A l'œil sur nous, luron frais et
        dispos.
Quand cet ogre au hazard dévore
Riches, pauvres, sages et fous,
Prudemment évitons ses coups !
        Nous voulons rire encore.

Un autre ogre à son tour s'avance,
Moins redoutable, Dieu merci !
L'ogre de la Sainte-Alliance

Espère nous croquer aussi.
        La faim le presse ,
        Mais à l'adresse
Plus qu'au courage on sait qu'il a
        recours ;
        Il craint le nombre ,
        Rampe dans l'ombre ,
Avance peu, mais observe toujours...
Qu'il observe... puisqu'on ignore
Quand le pouvoir en sera las !
La France veille l'arme au bras.
        Nous pouvons rire encore.

Amis, de la grande semaine
Quels ont été les résultats ?
Vers là liberté c'est à peine
Si nous avons fait quelques pas.
        Vivent les braves
        Qui dans les caves
Se tenaient coi quand le canon
        grondait !
        De la victoire
        Pour eux la gloire...
Est-ce donc là ce que l'on atten-
        dait ?
Mais tant qu'un drapeau tricolore
Sur la colonne flottera

Un peu d'espoir nous restera :
Nous pouvons rire encore.

PETIT AMI,
NE PARLEZ PAS!

ROMANCE.

Air : *Signal d'un galant négligé.*

« Vous savez bien qu'il m'est cher;
Vous savez quel nœud nous en-
        chaîne ;
L'amour que je croyais cacher,
Vous l'avez deviné sans peine ;
De loin quand il suivait mes pas,
Vous avez compris sa tristesse ;
Mes yeux vous ont dit ma ten-
        dresse...
Petit ami, ne parlez pas !

« Petit ami, soyez discret !
Comme une sœur je vous en prie ;
Ah ! si vous gardez mon secret,
L'Amour charmera votre vie.
Un jour, vous entendrez tout bas

Une voix douce vous redire :
Taisez l'ardeur qu'on vous inspire...
Petit ami, ne parlez pas !

« Invitée au cercle brillant
Où pour lui seul j'étais parée,
Vos propos, votre air sémillant,
Ont troublé mon âme égarée ;
Et quand, à l'heure du repas,
Auprès de lui on m'a placée,
Mon trouble disait ma pensée...
Petit ami, ne parlez pas !

« De ne plus danser avec lui
J'ai bien souvent fait la promesse ;
Mais l'espoir sur son front a lui,
Son espoir me rend ma faiblesse.
On valse... heureuse dans ses bras,
Sur son cœur comme il m'a pres-
         sée !
La valse ne m'a point lassée...
Petit ami, ne parlez pas ! »

Ainsi disait, en rougissant,
Belle qu'amour avait charmée...
Simple et naïf adolescent
Rassura l'amante alarmée ;
Et bientôt épris des appas
De la jeune et belle Zélie,

Il dit . à son tour , à Julie
Ce doux refrain : Ne parlez pas !

LES TROIS AMOURS.

AIR : *Au pouvoir de plusieurs Déesses.*

PREMIER amour fait naître l'âme;
Simple, ingénu, pur, sans détour,
Il l'éclot dans un cœur de femme;
Il l'éclaire comme la flamme
Qui blanchit l'aube au point du
jour.

Second amour n'est pas moins
tendre,
Mais plus puissant, mais plus hardi;
C'est un éclair qui vient surprendre,
Échauffe, brûle et met en cendre
Comme le soleil du midi.

Écho lointain de voix mourante,
Le dernier amour, plus touchant,
S'éteint avec l'âme souffrante;
C'est une flamme pâlissante.
Que jette le soleil couchant.

L'AMOUR

CHEZ LES SAINT-SIMONIENS.

AIR : *Ermite, bon Ermite.*

Ermites, bons ermites,
Ouvrez-moi, s'il vous plaît!
Pour vous, chers cénobites,
J'ai fait un long trajet.
De l'Olympe j'arrive
Jusqu'à Ménil-Montant,
Pressé, sur le qui-vive,
Car je n'ai qu'un instant.
Je vais donc, au plus vîte,
Dire pourquoi je viens
Faire, sans qu'on m'invite,
   Une visite
  Aux Saints-Simoniens.

Puisqu'en votre croyance
Le beau sexe a sa part,
Chez vous d'Amour, je pense,
Doit briller l'étendard!
Puisque vos lois propagent
Qu'ici toutes beautés

En commun se partagent
A vos capacités,
De ce dogme il résulte
Que l'Amour, votre ancien,
Doit être sans insulte
    Le Dieu du culte
  Du Saint-Simonien.

Voyons, posons les bases
De vos rites touchans !
Que de douces extases
Accompagnent vos chants !
Prenez pour bréviaire
Épitres de Ninon,
Pucelle de Voltaire,
Vers badins de Piron !
Et puis tâchez de faire
Qu'aux jours qu'on chôme bien,
Matines de Cythère
    Soient la prière
  Du Saint-Simonien !

Lévites vieux et jeunes,
Ici vous concevez
Que vigiles ni jeûnes
Ne seront observés :
Mais que gentille dame,
Patronne de céans,

Sera la Notre-Dame
Digne de votre encens.
De parfums qu'on l'asperge,
Et tous vos paroissiens
Viendront brûler un cierge
      Devant la Vierge
  Des Saint-Simoniens.

Répartir la fortune
A tous également
Pour vous en former une,
C'est un moyen charmant.
Faites par vos mérites
Force conversion !
Tirez des prosélytes
Dot et donations !
Comme maint vieux chanoine,
Faites de tout ces biens,
Qu'envîrait plus d'un moine,
      Le patrimoine
  Des Saint-Simoniens !

J'ai dit... et je remonte,
Mes fils en vous quittant,
A la cour d'Amathonte
Où ma mère m'attend.
Je veux qu'elle intercède
Pour vous tous, Adieu, donc !

Le ciel vous suit en aide
Ainsi que Saint Simon !
Adieu ! que rien n'altère
Vos droits que je maintiens !
Gardez la règle austère
Du monastère
Des Saint-Simoniens !

NANNA M'APPELLE.

BALLADE.

Le flot grossit, le ciel est noir.
Pietro, pourquoi partir ce soir ?
    Lui dit sa mère.
L'an passé, j'eus beau l'avertir,
Ton frère aussi voulut partir,
    Ton pauvre frère !   (*bis.*)
        Pietro, sautant
        Dans la nacelle
        Qui fuit loin d'elle,
        Dit en partant :

        Nanna m'appelle,
        Elle est si belle,
        Je l'aime tant !

La mauve blanche au cri plaintif,
Disait en volant sur l'esquif :

        Pietro, arrête!
Le nid qui m'avait tant coûté
De ce roc vient d'être emporté
        Par la tempête.   (*bis.*)
        Pietro, luttant
        Avec courage
        Contre l'orage,
        Allait chantant:

        Nanna m'appelle, etc.

Un sourd murmure au bruit des
        flots
De temps en temps mêlait ces mots:
        Pietro, mon frère,
Avant que ton heure ait sonné,
Pour l'âme de ton frère aîné
        Une prière!   (*bis.*)
        Pietro, pourtant,
        Croit se méprendre,
        Et, sans l'entendre,
        Il va chantant:

        Nanna m'appelle, etc.

Enfin il a touché le bord;
Mais l'airain sonnait pour les morts
        Sur la tourelle.
Pour qui donc priez - vous, pé-
        cheurs?

L'un deux, en étouffant ses pleurs,
    Dit : C'est pour elle.   (*bis.*)
    Pietro l'entend,
    Pâlit, soupire,
    Puis il expire
    En répétant :

    Nanna m'appelle,
    Elle est si belle,
    Je l'aime tant !

EPIGRAMME.

« Quoi ! vous m'aimez ! Sans es-
    prit, sans tournure !
Qu'espérez-vous ? » « Tout, répond
    le balourd ;
Car l'Amour est aveugle. » « Hélas !
    on nous l'assure ;
Mais il n'a jamais été sourd ! »

Lille.—Imprimerie de VANACKERE Fils.